AF428284

Araña
Peter Adams

Copyright © 2025 by Peter Adams
All rights reserved.
No part of this book may be reproduced in any form or by any electronic or
mechanical means, including information storage and retrieval systems,
without written permission from the author, except for the use of brief
quotations in a book review.

ISBN 979-8-89569-789-4

Todo el mundo tiene una predilección por los cuentos de hadas de alta calidad.

Mis abuelos me transmitieron el cuento de Araña, y quiero compartirlo con cada lector que necesite escucharlo.

Desde tiempos inmemoriales, los cuentos han sido una manera maravillosa de entretener no solo a los niños sino también a los jóvenes adultos y, lo más importante, a nuestros queridos ancianos—aquellos que pueden encontrarse involuntariamente ignorados o abandonados. A través de estas historias, pueden explorar los contrastes de la vida: amor y alegría frente a rechazo, odio y envidia.

La astucia y las estrategias centenarias de Araña no solo son divertidas, sino también una manera encantadora de pasar el tiempo.

Hago un llamado a los padres de todo el mundo para que lean esta fascinante, importante y humorística historia de Araña como un cuento para dormir a sus hijos.
Les mantendrá curiosos y en suspenso hasta la última página.

Los niños llegarán a comprender el genio detrás de las artimañas de Araña. Sí, Araña, el astuto embaucador, guarda toda la sabiduría del mundo escondida dentro de sus ocho delgadas patas.

Soy Peter Adams, agrónomo, políglota y novelista.

Cómo
sobrevivió
Araña...

Érase una vez, hubo una terrible hambruna en un pueblo lejano. Antes de la temporada de siembra que precedió a la hambruna, un mago inteligente recorrió todo el pueblo, golpeando su hermoso tambor para advertir a los habitantes sobre la mortífera hambruna que se aproximaba. Aconsejó a todos—tanto a los animales aéreos como a los terrestres—que cultivaran una abundancia de alimentos para que pudieran almacenar suficiente para la hambruna. Todos los animales del pueblo tomaron en serio el consejo del mago, excepto Araña, quien ignoró la advertencia crucial.

Finalmente, llegó la hambruna, y Araña comenzó a pasar hambre porque no había almacenado comida. Intentó, sin éxito, conseguir comida de los otros animales.

Entonces, se le ocurrió un plan astuto que le permitiría a él, a su familia y a su hogar sobrevivir.

Sucedió que el rey de los loros murió repentinamente. Según las costumbres de los animales, todas las criaturas aéreas debían asistir al funeral, que se celebraría en la cima del árbol más alto del pueblo.

"Acepta mi más sincero pésame, Loro. He sabido con gran pesar de la inesperada muerte de tu rey," dijo Araña al secretario del loro a la mañana siguiente.

"Muchas gracias, Araña, es muy amable de tu parte," respondió el secretario del loro con voz pesarosa.

"Me encantaría asistir al funeral de tu difunto rey, pero como no puedo volar hasta la cima del alto árbol donde se llevará a cabo la ceremonia, quiero enviar un pequeño regalo a tu gente. Puedes venir a recoger el paquete frente a mi casa el día del funeral," le dijo Araña al secretario.

"Definitivamente pasaré," dijo el secretario.

Araña fue a casa y luego se apresuró a ver al Sr. Cuervo, uno de los pájaros más sabios y mejor preparados, que había almacenado mucha comida para la hambruna.

Le contó al Sr. Cuervo sobre su intención de asistir al funeral del rey de los loros.

Cuando el Sr. Cuervo escuchó la historia de Araña, estalló en carcajadas porque sabía muy bien que no había manera de que Araña pudiera volar hasta el alto árbol elegido para la ceremonia. Surgió una discusión tensa entre el Sr. Cuervo y Araña. El Sr. Cuervo miró a Araña a los ojos y dijo: "Si logras asistir al funeral, te alimentaré a ti y a toda tu familia hasta el final de la hambruna."

El día del funeral, Araña astutamente hizo una hermosa bolsa y se escondió dentro de ella en secreto. La secretaria del loro, que había prometido recoger el paquete de Araña, vino por él temprano en el día. Ella llevó el regalo en la bolsa a la cima del alto árbol. Exhausta, la secretaria dejó la bolsa y se fue a buscar agua para calmar su sed. Araña aprovechó el momento, salió de la bolsa y se unió en silencio a las aves en el duelo.

Aunque su dolor era solo una actuación, Araña lamentó más fuerte y de manera más dramática que todos los loros juntos, llorando a su rey.

El Sr. Cuervo quedó completamente sorprendido al ver a Araña entre la multitud.

Los loros quedaron profundamente conmovidos por la muestra de condolencias de Araña y el amor que mostró.

Como resultado, los loros prometieron proporcionar comida para Araña, su hogar y su familia hasta el final de la hambruna.

No solo Araña y su familia fueron alimentados por los loros, sino que el Sr. Cuervo también tuvo que cumplir su promesa y alimentarlos también a ellos.

Fin.

Araña
y la Olla
de
Sabiduría

Érase una vez, Araña quien se dispuso a reunir toda la sabiduría del mundo. Su ambición era ser coronado como el ser más sabio del mundo entero. Viajó de un lugar a otro, recopilando cada fragmento de sabiduría que podía encontrar y almacenándolo todo en una olla secreta, que cubrió muy bien. Satisfecho con su colección, comenzó su viaje de regreso a casa, decidido a esconder la olla en su habitación para que nadie más tuviera acceso a ella.

De camino a casa, Araña se encontró con un gran árbol caído en el camino. No sabía qué hacer—¿debería trepar por encima del árbol o arrastrarse cuidadosamente por debajo de él mientras aún llevaba la olla secreta? Probó ambas opciones, pero ninguna funcionó.

Mientras Araña luchaba con la situación, un cazador observador, que lo había estado mirando silenciosamente desde los arbustos, se acercó. El cazador sugirió que Araña colocara la olla secreta sobre el tronco del árbol, luego se arrastrara por debajo del árbol y recuperara la olla del otro lado.

En ese momento, Araña se dio cuenta de lo tonto que había sido. ¡Había creído que llevaba toda la sabiduría del mundo, pero alguien más acababa de demostrar ser más sabio que él!

Lleno de frustración e ira, Araña estrelló la olla secreta contra el suelo. La olla se rompió, y toda la sabiduría que contenía se esparció, alcanzando cada rincón del mundo.

Por eso debemos aprender a aceptar consejos y críticas cuando sea necesario, porque la verdadera sabiduría no es posesión de ningún individuo.

El Avaro
Araña

Esta historia trata sobre un chico extraño llamado Araña, pero la mayoría de sus compañeros lo llamaban "Bili Bili".

Hubo una gran hambruna en todo el país donde vivía Bili Bili. Araña y sus hermanos y hermanas más pequeños estaban muy, muy hambrientos. ¡Lo único en lo que podían pensar era en comida! "Este hambre me matará", solía exclamar Araña, y sus hermanos repetían sus palabras en voz alta.

Un día, Bili Bili decidió salir de casa y dar un largo paseo hasta la orilla del mar. "No importa qué", dijo, "atraparé un pececito solo para mí".

Miró y esperó en la orilla, pero desafortunadamente, no apareció ningún pez. Luego, de repente, Bili Bili divisó una hermosa isla verde a lo lejos. Al mirar alrededor, encontró un pequeño bote rojo, rápidamente subió a él y remó hacia la isla. Cuando llegó, se maravilló de los exuberantes pastizales verdes. Salió del bote y se paró debajo de un pequeño árbol, mirando hacia las nueces maduras que estaban muy arriba.

Enloquecido por el hambre, Bili Bili intentó trepar al árbol, pero no fue fácil. Después de varios intentos fallidos, notó algo extraño: ¡las nueces parecían estar riéndose de él!

"¡No puedes atraparme!" dijo una nuez. "¡A mí tampoco!" burló otra, mientras todas fijaban su mirada en Araña y cantaban, "¡Ñah, ñah, ñah!"

"¡Las atraparé esta vez, nueces locas!" gritó Bili Bili. Justo cuando estaba a punto de rendirse, intentó una última vez, y afortunadamente, logró atrapar una.

"¡Ahora te tengo!" gritó triunfante.

Pero cuando intentó lanzar la nuez al bote rojo, ésta cayó al mar. "Oh, bueno, hay más nueces", pensó. Lo intentó de nuevo, pero la segunda nuez también cayó al mar. Siete veces seguidas, las nueces cayeron al agua, y Bili Bili maldijo en frustración. Observó tristemente como el viento llevaba las siete nueces lejos, fuera de su alcance. No importaba cuánto gritara, las nueces no volvían—no tenían oídos para escucharle.

Desalentado, Araña deambuló por la isla verde y se topó con una pequeña casa en el medio de ella. Un hombre muy viejo, feo y barbudo salió y preguntó con una voz profunda, "¿Qué haces aquí en este bosque peligroso, muchacho?"

Araña explicó cortésmente la severa hambruna en su país y el hambre que su gente estaba sufriendo. Luego relató sus intentos fallidos de recoger las nueces, y las lágrimas llenaron sus ojos nuevamente.

El anciano tomó la mano de Araña y dijo, "No tengas miedo, chico. Ven adentro, tengo algo mucho mejor que esas nueces para que lleves a casa." El hombre desapareció en su casa y salió sosteniendo una olla fea y sucia.

"Quiero que lleves esto a casa y se lo des a tu madre," dijo el viejo. "Desde ahora, tú y tu país nunca pasarán hambre nuevamente. Siempre que tu madre quiera preparar la cena o el almuerzo, simplemente debe decir estas palabras: 'Olla, olla, olla, lo que hiciste por el viejo, hazlo por mí.'"

Araña estaba encantado y agradeció al viejo antes de correr a casa. En su camino de regreso, el hambre fue más fuerte que él, y no pudo esperar más. Habló con la olla: "Olla, olla, olla, lo que hiciste por el viejo, hazlo por mí." ¡Inmediatamente, la olla produjo un banquete!

Bili Bili comió todo en ese mismo instante, ganando fuerza y energía.

Cuando llegó a casa, Araña decidió no darle la olla a su madre. "Esta olla es mía," se dijo a sí mismo. La escondió en un lugar secreto y solo hablaba con ella cuando no había nadie alrededor.

Cada día, mientras su madre y hermanos salían en busca de comida, Araña se quedaba en casa, fingiendo estar enfermo. Cuando estaba solo, llamaba a la olla para que le diera mucha comida, dándose un festín mientras su familia se volvía más y más delgada.

Uno de sus hermanos comenzó a sospechar. "¿Por qué estás engordando mientras el resto de nosotros nos estamos muriendo de hambre?" exigió. "Una persona enferma no se ve tan saludable como tú. Estoy seguro de que tienes un secreto, y lo voy a descubrir."

Al día siguiente, mientras la familia salió a buscar comida, su hermano se quedó en casa en secreto. Como de costumbre, Bili Bili pensó que no había nadie alrededor. Rápidamente buscó la olla y dijo: "Olla, olla, olla, lo que hiciste por el viejo, por favor hazlo por mí". Su hermano observó y escuchó todo.

Ahora, sabiendo la verdad, su hermano le contó a su madre lo que había presenciado. Su pobre madre no podía creer que Araña hubiera guardado tal secreto. Lloró amargamente al darse cuenta de lo egoísta que había sido su hijo. Más tarde ese día, envió a Araña y sus hermanos a la casa de un amigo a jugar. Una vez que se fueron, ella encontró la olla y pronunció las palabras mágicas.

La olla produjo una gran y deliciosa comida, y cuando los niños regresaron a casa, quedaron encantados con el festín. Pero Bili Bili, fingiendo estar enfermo, dijo:

"No me siento bien. Me voy a acostar temprano."

A la mañana siguiente, su madre llevó la olla a la plaza del pueblo, donde la golpeó con un palo para llamar la atención de la gente. Cuando se reunió una multitud, ella dijo: "Olla, olla, olla, lo que hiciste por el viejo, por favor hazlo por mí". La olla produjo suficiente comida para alimentar a todos. Sin embargo, después de la vigésima vez que habló con la olla, ¡de repente se derritió en cenizas!

Cuando Araña escuchó la historia, se llenó de rabia. Decidido a engañar al viejo para que le diera otro regalo, corrió de regreso a la orilla, donde encontró el mismo bote rojo esperándolo. Rápidamente remó de vuelta a la isla verde y se apresuró a ver al viejo.

Al llegar al viejo, Araña le contó una historia inventada sobre lo que había ocurrido. El viejo vio a través de las mentiras de Araña y supo que no había entregado la olla a su madre como se le había indicado. "No tengo otra olla para darte", dijo el viejo, "pero tengo un palo. Puedes decir las mismas palabras, pero esta vez, en lugar de 'olla, olla, olla', di 'palo, palo, palo'. "

Emocionado, Araña tomó el palo sin siquiera agradecer al viejo. Rápidamente se dirigió de regreso al bote rojo y, ansioso por otro festín, cantó: "¡Palo, palo, palo, lo que hiciste por el viejo, por favor hazlo por mí!"

Pero para horror de Araña, el palo no le dio comida. En cambio, se multiplicó en número y comenzó a golpearlo sin piedad en las piernas, las manos y la cara.

En dolor y pánico, Araña saltó al mar, apenas pudiendo nadar lejos de los palos enfurecidos. Luchó por mantenerse a flote y finalmente llegó a la orilla, exhausto y humillado.

Cuando finalmente llegó a casa, Araña lloraba como un bebé recién nacido. Estaba demasiado avergonzado para contarle a alguien la dolorosa lección que había aprendido de los palos.

¡Bili Bili, buena lección!
¡Araña, empático!
¡Bili Bili, buena lección!
¡Araña, empático!

Araña
va de pesca

El insensato Araña pensó que podría engañar a un pescador para que hiciera todo el trabajo por él.

"Vamos a pescar", sugirió Araña.

"Muy bien", dijo el pescador, quien era astuto y estaba al tanto de los trucos de Araña. "Yo haré las redes, ¡y tú puedes conseguir cuerda para mí!"

"¡Espera!" respondió rápidamente Araña. "Yo haré las redes, ¡y tú puedes conseguir cuerda para mí!"

Así que Araña hizo las redes mientras su amigo fingía estar atado. Capturaron cuatro peces. Luego el pescador dijo: "Araña, tú lleva estos peces y yo me llevaré la pesca de mañana. Que podría ser mayor."

Imaginando codiciosamente la captura del día siguiente, Araña insistió, "No, no, no. Tú lleva estos, y yo me llevaré los peces de mañana."

Pero al día siguiente, las redes estaban podridas y no atraparon ningún pez. El pescador, aún astuto, dijo:

"Araña, lleva estas redes podridas al mercado; puedes venderlas por mucho dinero."

Cuando Araña gritó, "¡Redes podridas en venta!" en el mercado, la gente lo golpeó con palos.

"Vaya compañero eres", Araña se quejó al pescador mientras se frotaba los moretones. "Me llevé las palizas; al menos podrías haber compartido el dolor."

Desde ese día, ¡Araña nunca intentó engañar al pescador otra vez!

Araña
y la mazorca
de maíz

Araña fue una vez el elegido de Dios y realmente vivió en forma humana antes de convertirse en una araña.

En un día muy agradable, le pidió a Dios una simple mazorca de maíz, prometiendo que le pagaría a Dios con cien sirvientes. Dios siempre se divertía con el jactancioso y astuto Araña y le dio la mazorca de maíz.

Araña partió con la mazorca y llegó a un lugar llamado "Dronkylie" para descansar. Allí, conoció al jefe, más un líder que un gobernante que poseía la ciudad. Araña le dijo que tenía una sagrada mazorca de maíz de Dios y necesitaba dos lugares: uno para dormir y otro lugar seguro para guardar el tesoro por la noche. El jefe trató a Araña como un huésped de honor y le dio una casa con techo de paja para pasar la noche, así como un lugar para esconder la mazorca de maíz en el techo. Durante la noche, mientras todo "Dronkylie" dormía profundamente, Araña tomó el maíz y lo usó para alimentar intencionalmente a veinte gallinas.

A la mañana siguiente, al amanecer, Araña despertó al pueblo "Dronkylie" con gritos excesivos, dramatizando: "¿Qué pasó con el maíz sagrado? ¿Quién lo robó?"

"Seguramente, Dios traerá un gran y severo castigo sobre 'Dronkylie'." Hizo tal escándalo que la gente le rogó que tomara toda una cesta de maíz como muestra de disculpas. Tomó el cesta, pero mientras estaba en el camino, se dio cuenta de que el cesta de maíz era demasiado pesada para él. Entonces se encontró con un granjero en el camino con una granja de pollos. Araña arregló cambiar el maíz por pollos. Cuando Araña llegó al siguiente pueblo, nuevamente pidió a la gente un lugar para dormir y un lugar seguro para los "pollos sagrados". En esta ciudad, Araña fue tratado una vez más como un invitado de honor, y se celebró un gran festín en su honor. Le mostraron una hermosa casa para hospedarse y un lugar seguro para sus pollos.

Durante la noche, Araña sacrificó los pollos y untó la sangre, incluidas las plumas, en la puerta de la persona que le había dado el lugar. Por la mañana, como de costumbre, despertó a todos en el pueblo con sus gritos: "¡Los pollos sagrados han sido asesinados! Seguramente, ¡Dios va a destruir esta ciudad por permitir que esto suceda!" Asustados, los habitantes del pueblo se reunieron y le dijeron a Araña que se llevara diez de sus mejores ovejas como muestra de sus sinceras disculpas. Araña tomó las diez ovejas y partió hasta que encontró un grupo de hombres llevando un cadáver. Le preguntó a los hombres de quién era el cuerpo que llevaban. Los hombres respondieron que un viajero muy importante había muerto en la ciudad y estaban llevando el cuerpo a casa para un entierro apropiado. Entonces, Araña intercambió las diez ovejas por el cadáver y se puso en camino.

En el siguiente pueblo, otra vez, Araña les dijo a las personas que tenía al hijo de Dios durmiendo. Advirtió a todos que fueran muy silenciosos por la tarde para permitir que el cadáver tuviera una buena noche de sueño. La gente le dio a Araña un gran festín y lo trató como a la realeza. Al llegar la mañana, Araña les dijo a las personas que estaba teniendo un momento difícil y complicado para despertar al hijo de Dios de su sueño y les pidió su ayuda. Todos salieron en gran número, golpeando botellas, ollas y tambores, pero el visitante seguía dormido. Luego la gente golpeó el pecho del visitante, y aún así no se movió. De repente, Araña gritó: "¡Lo han matado! ¡Han matado al hijo de Dios!"

"En serio, Dios destruirá esta ciudad entera." La gente estaba muy preocupada y aterrorizada. Le dijeron a Araña que seleccionara unos cien siervos perfectos—ya sean hombres o mujeres, o ambos—si él apelara a Dios para salvarlos.

Finalmente, Araña tomó a los cien sirvientes y regresó a Dios, habiendo convertido una sola mazorca de maíz en cien serios siervos imprevisibles e inesperados.

Cómo Araña
Engañó a Dios

Araña estaba terriblemente engreído después de todo el asunto con la mazorca de maíz. Dios encontraba a Araña entretenido, pero sus fanfarronadas se estaban volviendo agotadoras. Entonces, Dios le dio a Araña un saco y le dijo: "Tengo algo en mente; descúbrelo y traémelo en el saco."

Araña hizo preguntas, pero Dios no le dio más pistas sobre qué podría ser ese "algo". Dios envió al mortal en su camino, diciendo que si era solo la mitad de ingenioso de lo que presumía ser, entonces no tendría problema en averiguar qué quería Dios.

Araña estaba desconcertado.

¿Cómo iba a saber lo que Dios quería en el saco? Salió del cielo y tuvo una reunión con los pájaros, explicando su dilema. Cada pájaro acordó darle a Araña una pluma cada uno por simpatía para permitirle volar. Araña hizo un manto hermoso con estas plumas y luego voló al cielo, donde se posó en un árbol junto a la casa de Dios. Algunas de las personas en el cielo vieron al extraño pájaro y comenzaron a hablar de él. Se preguntaban unos a otros qué tipo de pájaro podría ser este; Dios mismo no recordaba haber creado criatura alguna que se pareciera a eso. Uno de los presentes sugirió que si Araña era ingenioso, él podría saber qué tipo de pájaro era este.

Araña en el árbol escuchó todo esto. Los asistentes de Dios estaban hablando entre ellos cuando uno dijo: "Buena suerte encontrando a Araña." Dios lo había enviado en una misión imposible. ¿Cómo iba a saber Araña que Dios quería que el sol y la luna fueran traídos a él en un saco? Al oír esto, Araña salió a buscar el sol y la luna. Fue a la Pitón, la más sabia de todas las criaturas, y preguntó cómo podría capturar el sol y la luna. La Pitón le aconsejó que fuera al oeste, donde el sol descansa por la noche y se duerme.

Mientras tanto, la luna se podía encontrar en el este alrededor del mismo tiempo. Araña reunió ingeniosamente tanto el sol como la luna, los colocó en el saco y gentilmente se los llevó a Dios.

Dios estaba extremadamente complacido con la genialidad de Araña, y como resultado, Dios hizo a Araña su capitán sobre toda la Tierra.

El Funeral
de Araña

Hace mucho, mucho tiempo, todos los animales vivían juntos en armonía, como amigos y familia. Entre ellos había un animal llamado Wamalwa. Vivía en el pueblo con sus maravillosos parientes y otros animales: Hiena, Ardilla, Camaleón, Puercoespín, Bandicut, Codorniz, el Jabalí, y muchos, muchos más.

Wamalwa, la araña, era uno de los ejecutivos del pueblo. Convocó a todos sus amigos, parientes y a todos los demás animales para discutir un tema muy importante: cómo podían ayudarse mutuamente de manera más efectiva. Como todos eran agricultores, decidieron que sería una gran idea ayudar a una persona cada día arando, deshierbando, plantando o cosechando según fuera necesario. Wamalwa dio algunos ejemplos. "Podemos empezar en la granja de mi tío el lunes. El martes, podemos ayudar a mi abuelo. El miércoles será para mi sobrino. El jueves, la granja de mi esposa necesitará algo de trabajo. El viernes será para mi madrina. El sábado para mi primo. Y el domingo, será el turno de mi mejor amigo."

Wamalwa se hizo cargo de este complejo proyecto, asegurándose de que todos participaran y ayudaran. Al principio, todo marchó bien, justo como lo había planeado. Pero después de un mes, se sentó tranquilo frente a su casa y comenzó a pensar en un nuevo truco. "Sabes," se dijo a sí mismo, "veo una manera en la que puedo beneficiarme de este gran arreglo. Si finjo estar enfermo, no tendré que ayudar a nadie, ¡y para cuando me recupere, todo el trabajo en mi granja estará hecho!" A la mañana siguiente, Wamalwa se quedó en cama. Cuando su sobrino vino a llamarlo, Wamalwa gimió, "Oh, oh, oh, querido sobrino, estoy muy enfermo hoy. Me temo que no puedo unirme a ustedes." Su sobrino, preocupado, reunió a todos y les contó la triste noticia de la enfermedad de Wamalwa.

Los animales, siempre atentos, decidieron ayudar a Wamalwa trabajando en su granja. Esto continuó durante dos semanas enteras, sin que la condición de Wamalwa mostrara mejoría. Eventualmente, algunos de los animales comenzaron a susurrar, "Hemos estado ayudando en la granja de Wamalwa todo este tiempo, pero ¿cuándo nos ayudará él?" Wamalwa escuchó las quejas y se dio cuenta de que no podía seguir fingiendo su enfermedad por mucho más tiempo. Necesitaba idear algo para convencer a todos de que realmente estaba enfermo. Así que, al día siguiente, reunió a sus parientes y dijo, "He estado enfermo por mucho tiempo, y no estoy mejorando. De hecho, empeoro cada día. ¡Voy a morir!"

"¡No, no, hermano mío! ¡No digas tal cosa!" lloraron sus parientes. "Llamaremos al curandero para que te dé algunas hierbas fuertes." Pero Wamalwa, siempre maquinando, ya había hecho sus planes. "Cuando muera," dijo, "quiero ser enterrado en la granja de mi mejor amigo Boborobo. Siempre he admirado su cultivo, y sería mi última voluntad." Boborobo, aunque entristecido por la idea de perder a su amigo, accedió. "Sería cruel no cumplir el último deseo de un moribundo," pensó.

Wamalwa continuó dando sus instrucciones detalladas. Quería que su tumba fuera el doble de grande que una normal, revestida con lino y llena de ollas, sartenes, y todos los utensilios de cocina esenciales. Su familia, devota de él, se puso a trabajar cavando su "último lugar de descanso." Mientras tanto, Wamalwa fingía que su condición empeoraba cada día. Cuando escuchó que la tumba estaba lista, esperó a que alguien fuera a verlo, y luego fingió estar muerto. Sus parientes intentaron despertarlo, pero Wamalwa permaneció inmóvil. El pueblo lo lloró profundamente, creyendo que realmente había fallecido.

Al día siguiente, enterraron a Wamalwa en su tumba escogida, junto con todos los utensilios de cocina que había solicitado. Esa noche, una vez que todos se habían ido, Wamalwa salió de su tumba y comenzó a recolectar cosechas de la granja de Boborobo. Cocinó algunas de ellas en la tumba y comió hasta saciarse.

Al amanecer, Wamalwa rápidamente regresó a su tumba
para dormir. Repitió este truco cada noche, deleitándose
con las cosechas de Boborobo y regresando a su tumba
antes de que nadie lo notara.

Esto continuó durante cinco semanas, hasta que Boborobo
se dio cuenta de que alguien había estado robando en su
granja. Confundido, pensó, "¿Quién podría estar haciendo
esto? ¡No puede ser Wamalwa, él está muerto!"
Desesperado por atrapar al ladrón, Boborobo fue al
carpintero del pueblo y mandó a hacer unos postes de
madera resistentes. Los cubrió con alquitrán y los colocó
alrededor de su granja como espantapájaros, excepto que
estos no estaban destinados a asustar, sino a atrapar.

Esa noche, Wamalwa salió de su tumba nuevamente, listo
para otro festín. Pero mientras paseaba por el campo de
Boborobo, vio una figura de pie en el medio. "Alguien me
está mirando," pensó. Pero después de observar la figura
por un rato, se dio cuenta de que no se movía. Curioso, se
aproximó pensando que era un vagabundo, sin darse cuenta
de que era un poste de madera. Creyendo que era
inofensivo, se acercó y, en su manera habitual y traviesa,
dijo: "¡Acabo de ver a tu madre buscándote! Dijo que
necesitas volver a casa para cenar." El poste, por supuesto,
no respondió.

Wamalwa se enfureció. "¿Estás sordo? ¡Estoy hablando
contigo!" gritó, pero aún así, no hubo respuesta. Enojado
por el silencio de la figura, Wamalwa amenazó, "¡Si no me
contestas, te daré una bofetada!" Y con eso, golpeó el poste,
solo para que su mano quedara pegada al alquitrán.
Sorprendido, Wamalwa gritó, "¡Suéltame, desgraciado!"
Pero por más que lo intentó, no podía liberar su mano.
Furioso, golpeó el poste con su otra mano, y esa también se
quedó pegada.

Enfurecido, Wamalwa pateó el poste, pero su pie también
quedó pegado en el alquitrán. Pateó de nuevo, y su otro pie

también quedó atrapado. Ahora completamente atrapado, Wamalwa luchó y tiró, pero fue en vano. Exhausto, finalmente se rindió y se quedó dormido, todavía pegado al poste.

Al amanecer, Boborobo vino a revisar su trampa. Estaba contento de ver que ninguna de sus cosechas había sido robada durante la noche, y mientras caminaba inspeccionando los postes, vio una figura pegada a uno de ellos. Para su asombro, era Wamalwa, ¡el mismo amigo que había enterrado semanas atrás! Boborobo miró incrédulo y preguntó: "¿Qué haces aquí? ¡Se supone que estás muerto!"

Pensando rápidamente, Wamalwa respondió, "¡No soy yo! ¡Estás viendo mi fantasma!" Boborobo, siendo supersticioso, se aterrorizó. Corrió de regreso al pueblo gritando, "¡Fantasma araña! ¡He visto el fantasma de Wamalwa!" Los aldeanos, intrigados y asustados, lo siguieron hasta la granja de Boborobo. Para su sorpresa, vieron a Wamalwa pegado al poste.

"¿Qué haces aquí?" preguntaron. "¡Te enterramos!" Wamalwa, aún intentando mantener su engaño, gritó, "Están viendo mi fantasma," insistió Wamalwa, aunque claramente estaba incómodo. Mientras los aldeanos se preparaban para huir por el miedo, Wamalwa gritó, "¡Deténganse! ¡Necesito su ayuda!"

Un aldeano valiente dio un paso adelante y preguntó, "¿Qué necesitas, araña muerta?"

"Estoy pegado a este poste. Necesito ayuda para liberarme," respondió Wamalwa.

Tres aldeanos se acercaron con cautela y comenzaron a liberar a Wamalwa. Mientras trabajaban, uno de ellos se detuvo y se rascó la cabeza.

"Un momento," dijo. "Esto no es un fantasma. Este es el verdadero Wamalwa. ¡No está muerto en absoluto!"

Furiosos por su engaño, le arrojaron barro e insultos. Boborobo, sintiendo lástima por su viejo amigo, finalmente pidió que todos se detuvieran.

Wamalwa fue liberado, pero fue desterrado del pueblo con vergüenza. Sus familiares, avergonzados por sus acciones, también se fueron. Y hasta el día de hoy, las arañas se esconden en grietas y rincones oscuros, avergonzadas del astuto engaño de Wamalwa que trajo vergüenza a todas sus generaciones.

www.ingramcontent.com/pod-product-compliance
Lightning Source LLC
Chambersburg PA
CBHW040901110726

48005CB00001B/155